EL DÍA EN QUE DESCUBRES QUIÉN ERES

JACQUELINE WOODSON

Ilustrado por RAFAEL LÓPEZ

Traducido por TERESA MLAWER

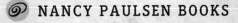 NANCY PAULSEN BOOKS

NANCY PAULSEN BOOKS
an imprint of Penguin Random House LLC
375 Hudson Street
New York, NY 10014

Manufactured in China by RR Donnelley Asia Printing Solutions Ltd.
ISBN 9781984812070
1 3 5 7 9 10 8 6 4 2

Design by Jaclyn Reyes.
Text set in Siseriff LT Std.
The illustrations were created with a combination
of acrylic paint on wood, pen and ink, pencil, and watercolors,
and put together digitally in Photoshop.

A Siya, Nell y Josie —J.W.

A Santiago, encantador de lunas —R.L.

Habrá veces en que entres a un lugar
y no veas a nadie como tú.

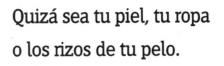

Quizá sea tu piel, tu ropa
o los rizos de tu pelo.

Habrá veces en que nadie entienda las palabras
que salen de tu boca,
esa hermosa lengua del país que dejaste atrás.
«Mi nombre es Rigoberto. Acabamos de llegar de Venezuela».

Y como no entienden, la clase se llenará
de risas hasta que la maestra a todos acalle.

«Rigoberto. De Venezuela», repite la maestra tan suave y dulcemente
que tu nombre y el de tu tierra
suenan como flores que brotan
al compás de las primeras notas de una canción.

Habrá veces en que las palabras no lleguen.
Tu voz, siempre segura, ahora apenas un susurro
cuando la maestra pregunta: «¿Qué hiciste durante el verano?
Cuéntaselo a la clase».

«Fuimos a Francia», dice Chayla.

«Estas conchas son de una playa de Maine».
Un niño llamado Jonathan sostiene un frasco
lleno de diminutas conchas, tan frágiles
que pudieran convertirse en polvo
en tus manos de viajes por emprender.

«Toda mi familia fue a la India».
«¡España!».
«¡Carolina del Sur!».
Cada *souvenir*, un pequeño trofeo
de un viaje.
De viajes sin fin.

Y, de pie en medio del aula, solo recuerdas

la ola de calor

que ascendía de la acera,

y los días en la casa,

cuidando a tu hermanita,

que te hacía reír a carcajadas y te abrazaba fuertemente

antes de dormir la siesta. Y todos los libros que continuaste leyendo,

aun cuando ella ya se había dormido.

Y en ese lugar, donde nadie es como tú, fijarás la vista

en tus manos vacías y te preguntarás: «¿Y qué importancia tiene esto

cuando los otros estudiantes cruzaron cielos y mares

para llegar a otros lugares?».

Habrá veces en que el almuerzo que te prepare tu mamá

sea tan raro

o tan desconocido para otros

que no puedan entender lo mucho que a ti te gusta.

Incluso cuando sea tu amiga Nadja

la que arrugue la nariz y diga: «¿Qué hay ahí dentro?».

Y te preguntes cómo es posible que no vea el arroz

debajo de la carne y el kimchi.

Y te preguntes cómo es posible que no sepa

que el arroz es el alimento que más se consume en el mundo.

Habrá veces en que las barras de trepar sean muy altas,

la carrera veloz y larga,

un juego en el que en realidad nunca podrás jugar.

«No lo quiero en nuestro equipo».

«Puedes mirar».

«A lo mejor puedes jugar más tarde».

Habrá veces en que el mundo te parezca un lugar
en el que te encuentras completamente
fuera de él...

Y todo lo que te rodea es
tu indiscutible valor,
firme como el acero
y listo, aunque aún no sepas
para qué.

Habrá veces en que entres a un lugar
y no veas a nadie como tú hasta el día en que comiences
a contar tu historia. «Mi nombre es Angelina
y pasé todo el verano con mi hermanita
—le dices a la clase, tu voz
más firme ahora que unos minutos atrás—
leyendo libros y contando historias,
y aunque no salimos de nuestra calle,
fue como si viajáramos a TODAS PARTES».

«Tu nombre es como el de mi hermana», dice Rigoberto.
«Ella también se llama Angelina».

Y, de repente, en ese sitio donde nadie es como tú,
el mundo se abre un poco
para hacerte un lugar.

Ese es el día en que descubres quién eres.

Descubres tu espacio,
tu risa, tus almuerzos,
tus libros, tus viajes y tus historias,
y que cada nuevo amigo tiene algo
en común contigo y a la vez algo absolutamente maravilloso,
pero diferente a ti.